BLANCHE
DE
BOVRBON
Par Mr
REGNAVLT
A PARIS chez Toussainct quinet au palais

BLANCHE

DE
BOVRBON

REYNE D'ESPAGNE
TRAGI-COMEDIE
DE MONSIEVR

REGNAVLT.

A PARIS,

Chez TOVSSAINCT QVINET, au Palais, dans la petite Salle, souz la montée de la Cour des Aydes.

M. DC. XXXXII.

AVEC PRIVILEGE DV ROY.

A MADAME

LA

DVCHESSE

DE

LONGVEVILLE.

MADAME,

Cette Reyne fut autrefois la plus belle, & la plus vertueuse de son siecle : mais quelques beautez que la Nature luy ait données & quelques vertus que le Ciel luy ait departies, on reconnaist auiourduy, en vous admirant, qu'elle ne fut pas la plus parfaicte de sa race. Si elle vous preceda du temps, vous la surpassez en merite. Le sang Royal de BOVRBON dont elle est issuë, seruit beaucoup à releuer la gloire de ses actions : mais il n'en est pas de mesme en

vous ; l'éclat dont on vous voit briller eſt pure-
ment voſtre , & c'eſt plus d'honneur à voſtre
Maiſon de vous auoir donné la naiſſance, que
ce ne vous eſt vn auantage de l'auoir receuë
d'elle. Touresfois, MADAME , cette Prin-
ceſſe , loin d'eſtre jalouſe de la ſplendeur qui
vous enuironne & qui ſemble obſcurcir la ſien-
ne ; met ſon plus grand bon-heur en ſa deffai-
te, & s'eſtime plus glorieuſe de vous auoir pour
parente, que d'auoir porté la Couronne d'Eſpagne. Receuez la dans voſtre Cabinet, & par
vn regard fauorable, éloignez d'elle la timidité
qu'elle reſſent. en s'approchát de vous, & dont
elle n'auoit point encor fait experience , ny
dans les aſſemblées, ny ſur les Theatres, où elle
a paru tant de fois ſi heureuſement. C'eſt toute
la grace qu'elle vous demande, & c'eſt la ſeule
priere que vous fait pour elle,

MADAME,

  DE VOSTRE ALTESSE.

Le tres-humble, tres-obeiſſant,
& tres-fidele ſeruiteur.

REGNAVLT.

Extraict du Priuilege du Roy.

PAr grace & Priuilege du Roy, donné à Paris le 23. Decembre 1641. Signé, Par le Roy en son Conseil, DE MONCEAVX, Il est permis à TOVSSAINCT QVINET, Marchand Libraire à Paris, d'imprimer ou faire imprimer, vendre & distribuer vne piece de Theatre, intitulée *Blanche de Bourbon Reyne d'Espagne, par Mr Regnault,* durant le temps & espace de cinq ans, à compter du iour qu'il sera acheué d'imprimer. Et defenses sont faites à tous Imprimeurs, Libraires, & autres, de contrefaire ladite piece, ny en vendre ou exposer en vente, à peine de trois mil liures d'amende, de tous ses despens, dommages & interests, ainsi qu'il est plus amplement porté par lesdites Lettres, qui sont, en vertu du present Extraict, tenuës pour bien & deuëment signifiées, à ce qu'aucun n'en pretende cause d'ignorance.

Acheué d'imprimer pour la premiere fois le 4. Juillet 1642.

Les Exemplaires ont esté fournis.

LES ACTEVRS.

BLANCHE DE BOVRBON, Reyne d'Espagne.

LE ROY DOM PEDRO DE CASTILLE, mary de Blanche.

LA REYNE MERE DV ROY, veuue d'Alphonse.

LE COMTE DE NARBONNE, Ambassadeur en Espagne pour le Roy de France.

DOM HENRY DE CASTILLE, frere naturel du Roy.

MARIE DE PADILLE, Maistresse du Roy.

DOM ALONSE DE LA CERDA, Maistre de Calatraue.

DOM ESTVNIGVE DE LA COEVA, Gouuerneur de Medina Sidonia.

ISABELLE DE TOLEDE, fille d'honneur de Blanche.

FERNAND, grand Maistre de Garderobbe du Roy.

La Scene est dans vne Salle du Chasteau de Medina Sidonia en Espagne.

BLANCHE
DE
BOVRBON
REYNE D'ESPAGNE

TRAGE-COMEDIE.

ACTE I.
SCENE PREMIERE.

HENRY, LE COMTE DE NARBONNE.

HENRY.

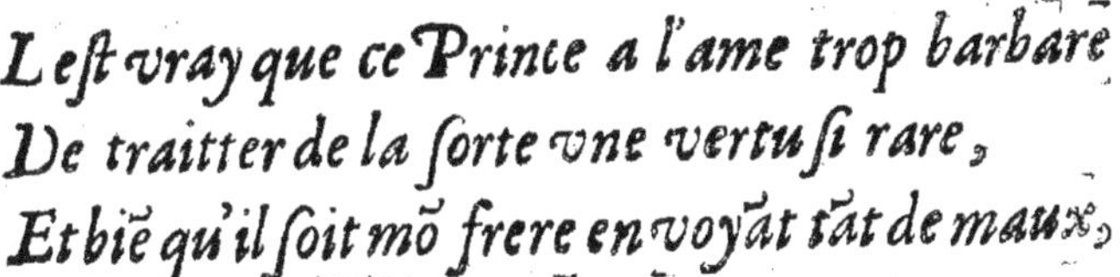

L est vray que ce Prince a l'ame trop barbare
De traitter de la sorte vne vertu si rare,
Et biē qu'il soit mō frere en voyāt tāt de maux,

A

BLANCHE

Je ne puis excuser ny taire ses deffaux,
Helas! depuis neuf ans que Blanche est prisonniere
Elle n'a iamais veu le Roy ny la lumiere,
Sa prison est estroite & le flambeau du iour
N'a iamais esclairé dans cette affreuse tour.

LE COMTE.

Vn traictement si rude est digne de reproche
Mais le Roy son espous a-t'il le cœur de roche.

HENRY.

Non, & ne pensez pas que ny Blanche ny moy
Nous ayons estimé que cela vint du Roy.
Marie en est la cause & cette ame subtile
Rencontrant dans ce Prince vn naturel facile,
A conceu des projets detestez de l'enfer
Et d'vn âge doré fait vn siecle de fer,
Elle se dit sa femme & son humeur hautaine
Vsurpe effrontement la qualité de Reyne,
Blanche ne l'est qu'en songe & Marie aujourduy
Commande au Roy d'Espagne, & regne plus que luy;
Mais bien que ce desordre aux yeux de tous esclatte
Tout le monde en ces lieux faict l'aueugle, ou le flatte
Et les Ambassadeurs des plus fameuses Cours
Icy sans estre oüys arriuent tous les iours.

LE COMTE.

Ie preuoy que dans peu la France & l'Angleterre
Luy viendront declarer vne mortelle guerre,
Comme il a desia veu sur les riues du Clin
Le Comte de la Marche & le grand du Guesclin.

HENRY.

Charles, voſtre bon maiſtre agit dans cette affaire
Comme vn genereux Prince & comme vn braue frere,
Mais inutilement ce Monarque François
Penſe faire luy ſeul plus que tant d'autres Rois.
Que pour meſme intereſt meſme deſir aſſemble
Il faut que ce ſoit Dieu qui les remette enſemble ;
Et quand tous les humains viendroïet fondre en ces lieux
Blanche ne peut auoir de ſecours que des Cieux.
De qui la volonté puiſſante & ſouueraine
Peut faire aymer du Roy cette adorable Reyne.

LE COMTE.

Bien que l'on m'ait appris qu'il la mal-traitte ainsy
Depuis que de la France on l'a conduitte icy,
Que le ſainct nœu d'Himen ſur eux n'eut point de force
Et que leur vnion fit naiſtre leur diuorce,
Il l'ayma toutefois & ſon Ambaſſadeur
Nous iura qu'il bruloit d'vne exceſſiue ardeur.

A ⅲ

HENRY.

Il est vray qu'il ayma sans l'auoir iamais veuë
La parfaicte beauté dont le ciel l'a pourueuë,
Que mesme en ses portraits qu'il appelloit ses Dieux
Il estoit consommé des flammes de ses yeux,
Ie l'ay surpris cent fois, à genoux, sans parole,
Pres d'vn portrait de Blanche, alors sa seule idole,
Mais dés que l'inconstance eust partagé ses feux
Il quitta cet objet si digne de ses vœux,
Et son cœur infidelle enchanté de Marie
La fit le seul sujet de son idolatrie,

     Cet impudique feu croissoit de iour en iour
Quand on vid arriuer Blanche dans cette Cour,
La Majesté, la pompe & la magnificence,
La vertu, la pudeur, la grace, & l'innocence
Marchoient auec respect sur ses glorieux pas
Et sa ieunesse encor augmentoit ses appas,
Iamais naissante Aurore en sa pointe premiere
Mieux qu'elle, ne fit veoir sa brillante lumiere
Et n'esclaira iamais aux peuples du matin
Auecque la faueur d'vn plus heureux destin
Telle, & plus belle encor Blanche fut couronnée
Reyne de nos Estats par la main d'Himenée.

LE COMTE.

Ie croy que ces plaisirs durerent peu de temps,

HENRY.

Vous sçauez que les fleurs ne durent qu'vn printemps,
Vous sçaurez que le Roy quittant cette Princesse
Courut viste à Montalue aux pieds de sa Maistresse
De qui l'esprit subtil, autant qu'ambitieux,
Rendit Blanche suspecte & coupable à ses yeux
On la fit arrester & conduire à Seuille,
Mais ses pleurs la sauuant reuolterent la ville,
De sorte qu'elle fut en ce mal-heureux iour
Criminelle d'Estat, moins pourtant que d'amour.
Alors le Roy contre elle augmenta sa furie
Et la repudia pour espouser Marie.

Depuis elle a receu mille sortes d'ennuis
Qui de ses plus beaux iours ont fait de tristes nuis,
Et sans vous reciter la suitte des trauerses
Dont elle a fait espreuue en six prisons diuerses,
Où ses Royales mains ont supporté des fers
Vous pouuez conceuoir les maux qu'elle a souffers,
Au reste elle est tousiours constante & genereuse
Comme sa seule faute est d'estre malheureuse,
„ Mais les plus innocens sont les plus outragez,
„ Et le ciel pour leur bien veut qu'ils soient affligez.

LE COMTE.

Ah, l'innocence mesme auec elle est captiue!

HENRY.

La mere du Roy vient, seule, triste, & pensiue.

SCENE II.

LA REYNE MERE, LE COMTE DE
NARBONNE, HENRY.

LE COMTE à Henry.

Sans doute nos desseins auront mal reussy?

LA REYNE.

Ayant treuué le Roy dans vn profond soucy
J'ay fait pour quelque temps differer l'audiance,
Car vous sçauez, Monsieur, & par experience,
Qu'en des desseins si hauts & si fort importans
Il faut de la prudence à bien prendre le temps
Maintenant tout le fasche & le met en colere.

LE COMTE.

Nous nous retirerons de peur de luy deplaire
Vous, l'azile de Blanche & son dernier bon-heur
Conseruez luy la vie & luy sauuez l'honneur,

Elle fonde sur vous tout l'espoir qui luy reste
Apres sa confiance en la bonté celeste,
Car le sang qui vous met comme au dessus du Roy
Peut sans doute empescher les maux que ie preuoy
Et sans peine calmer ce furieux orage
Que l'amour de Marie excite en son courage,
Par les manes sacrez d'Alphonce vostre espous,
Parlez donc, s'il vous plaist pour Blanche au lieu de nous
Et veuillez destourner la funeste tempeste
Qui menace desia son innocente teste.

LA REYNE.

I'emploiray tous mes soins pour elle aupres du Roy,

LE COMTE.

Vous seule......

LA REYNE.

Esperez tout du Ciel, non pas de moy.

SCENE III

LE ROY, LA REYNE MERE.

LE ROY à D. Alonſe qui ſort.

FAy ce que ie t'ay dit..... mais toutefois .... n'importe,
Va cours ... .,

LA REYNE eſloignée du Roy.

   ſa paſſion l'agite & le tranſporte,
Il ſouſpire, il ſe trouble, il reſue à châque pas
Obſeruons-le de loing puis qu'il ne nous voit pas.

LE ROY à ſoy-meſme.

Geſné de mille ſoins par vn ſecret martire,
L'vn me porte à l'amour, & l'autre m'en retire,
Et bien loing que ma peine interrompe ſon cours
Comme mon inconſtance elle augmente touſiours
De deux trais differens mon ame eſt offencée,
Marie eſt dans mon cœur, Blanche eſt dans ma penſée,
L'vne fait tous mes biens & fait tous mes plaiſirs,
L'autre de nouueaux feux r'allume mes deſirs

           Que

Que Blanche a de vertus ! qui se pourroit deffendre
D'adorer sa beauté qui met les cœurs en cendre ?
La raison me l'inspire & me fait reuenir
Les charmes de ses yeux dedans le souuenir,
Desia son grand courage & sa perseuerance
Me reprochent ma faute auecque sa souffrance,
Elle étouffe à la fin mon adultere amour,
Et me fait triompher de moy-mesme en ce iour.
Ah lumiere ! ah raison ! qui desilles ma veuë !
Belle & saincte clarté, tu sois la bien venuë !
Enfin de tous mes fers ie me vay degager !
Toutefois ma raison, ie ne sçaurois changer,
Je suis à tes conseils insensible, ou rebelle,
Je ne puis t'escouter encor que ie t'appelle.

LA REYNE s'approche du Roy.

Il le faut aborder ..... Prince chery des Cieux !
Et respecté par tout, de mesme qu'en ces lieux !
D'où vient ce long ennuy ? quel malheur vous oblige
A ces soupirs profonds & quel soin vous afflige ?
Seule, pour le sçauoir, i'ay marché sur vos pas.

LE ROY.

Madame, excusez moy, ie ne vous voyois pas.

B

LA REYNE.

Peut-eſtre le deſſein d'vne affaire publique
Agitant voſtre eſprit vous rend melancholique
Si vous me reueliez ce ſecret important
Voſtre mal ſeroit moindre en me le racontant.

LE ROY.

Puiſque vous deſirez que ie vous le raconte,
Eſtonnez vous pour moy, rougiſſez de ma honte,
Et pour flater mes maux ioignez à l'amitié
Le plus vif ſentiment qu'inſpire la pitié.
    Helas, ce n'eſt plus moy, dont la fatalle eſpée
De l'Hydre factieuſe à la trame coupée,
Ie ne ſuis plus celuy que ie fus autrefois
Quand l'Eſpagne craignoit & cheriſſoit mes lois,
Ie ne ſuis plus ce Roy de qui la renommée
A fait voller la gloire en la terre Idumée,
Ny ce Roy dont le nom d'vn vol audacieux
Sur les aiſles d'honneur eſt monté iuſqu'aux Cieux.
Mais ie ſuis ce cruel qu'vn trouble domeſtique
Eſmeut inceſſaniment d'vne façon tragique
Ie ſuis ce furieux dont l'eſprit tranſporté
De mille ſoins diuers eſt touſiours agité.

Ce n'eſt pas ſeulement le preſage celeſte
D'vn aſtre infortuné ny d'vn corbeau funeſte,
Ce ne ſont point les cris de ces triſtes oyſeaux,
Prophetes des malheurs, augures des tombeaux,
Ny du Roy mon ayeul, l'ombre affreuſe & plaintiue
Qui ſaiſiſſent mon ame & la rendent craintiue,
Mais, puiſque la douleur me force de parler,
Et que ie ne ſçaurois vous rien diſſimuler,
Apprenez que la voix d'vn fidele Genie
Secrettement me donne vne peine infinie,
Et qu'agitant mon cœur d'incroyables remors
Sans me faire mourir il me donne cent morts,
Au moment que ie parle, il m'exhorte, il me preſſe
De retourner à Blanche & me le dit ſans ceſſe,
Mon eſprit qui deceu la croit voir en tous lieux
La nuiɕt derniere encor m'a monſtré ſes beaux yeux,
Et de ce ſpeɕtre vain l'image chancelante,
A pleuré ce me ſemble, & m'a paru ſanglante,
Depuis Blanche partout m'eſpouuante & me ſuit,
Et le iour me remet aux peines de la nuit.

LA REYNE.

Ie reſſens par pitié tout ce qui vous afflige
Outre que la nature à ce deuoir m'oblige.

Mais ſi i'oſe parler auecque liberté
Si l'aduis d'vne mere eſt d'vn fils eſcouté:
Treuuez bon qu'à preſent mes ſinceres penſées
Vous retracent icy vos actions paſſées,
Vous qui maiſtre abſolu de tant de nations
Regniez deſſus vous-meſme & ſur vos paſſions,
Lors qu'ayant ſurmonté les chefs de nos querelles
Vous marchâtes vainqueur ſur les teſtes rebelles,
Et que le ſeul renom d'vn ſi valeureux Roy
Iuſqu'au cœur de Biſance alla porter l'effroy:
Qu'eſtes-vous deuenu? quelle fureur eſtrange
Broüille toute l'Eſpagne & vous meſme vous change?
L'amour .... qui cauſe en vous vn ſi profond ennuy,
Qu'à peine vous connoy-ie en vous-meſme auiourduy.

   Bruſlerez-vous touſiours de la flâme cruelle
Qui vous rend mal-heureux vous rendant infidelle?
Blanche n'a-t'elle plus ces attraits innocens
Qui ſceurent captiuer vos eſpris & vos ſens?
Ne vous ſouuient-il plus qu'autrefois auec larmes
On vous vid adorer ſes vertus & ſes charmes?
Qu'aux yeux de tout le peuple, & de toute la Cour
Voſtre ame fut ſoûmiſe aux loix de ſon amour?
Que le Ciel honora ſon illuſtre naiſſance
Du beau ſang de Bourbon qui commande à la France?

Que fille d'vn grand Prince & belle sœur d'vn Roy
Elle vint en Espagne & vous donna sa foy?
Que par le prompt effet d'vne subite hayne
Vous brisâtes vos fers & rompistes sa chayne,
Marie ayant receu, contre les vœux de tous,
Vn cœur qui par raison ne pouuoit estre à vous,
Puis-qu'il estoit à Blanche, & que sa main fidelle
En vous donnant le sien l'auoit acquis pour elle?
„ Quoy ne sçauiez vous pas que malgré le discort
„ Le premier nœu d'Hymen ne se rompt qu'à la mort?
„ Auiez vous oublié que quand le Ciel assemble
„ Deux cœurs dessous ses loix, il les confond ensemble,
„ Et qu'enfin l'vn des deux sans l'autre ne peut rien,
„ Depuis qu'ils sont vnis par vn mesme lien?

LE ROY.

Ah, c'est trop resister, & c'est trop me contraindre!
Blanche me fait pitié, ie commence à la plaindre,
Et si l'euenement respond à mes souhaits
J'espere que bien-tost vous nous verrez en pais.

LA REYNE.

Sans doute c'est de Dieu que vous est inspirée
Cette rare bonté si long-temps esperée.

SCENE IV

LE ROY, LA REYNE MERE,
FERNAND, DOM ALONSE.

LE ROY.

Recevant des mains de D Alonse vn grand portrait de Blanche.

BLanche, ie n'auray plus d'autres fers que les liens,
Ie te quitte, Marie, & ie romps tes liens.

Fernand luy presente les brasselets & le portrait de Marie, il les rejette.

Non Fernand, va brusler cette fausse peinture,
Ce dangereux Cordon, cette lâche ceinture,
Et ce tissu fatal de funestes cheueux!

FERNAND.

Quoy, Sire....

LE ROY.

oüy, brusle tout!

FERNAND.

mais, Sire.,,

LE ROY.

oüy, ie le veux,
Appreuuez vous la fin d'vne telle entreprise?

LA REYNE.

Ie l'appreuue encor plus qu'elle ne m'a surprise,
Mais, Marie.....

LE ROY apperçoit Marie.

éuitons ce Serpent qui nous suit.

SCENE V.

MARIE, FERNAND.

MARIE.

MOn Prince, mõ Seigneur... il s'eschappe, il me fuit,
Il a pour moy ce semble vne secrette hayne,
Et depuis quelque temps ie cesse d'estre Reyne :
Ah, Fernand! c'en est fait, ie voy bien que mes yeux
Deplaisent à ton maistre, & luy sont odieux,
As-tu veu quelquefois vne amour violente
Deuenir sans raison plus foible ny plus lent,
D'où vient que tout à coup vn si grand feu s'esteinte,

FERNAND.

Madame, i'ay connu ce que vostre ame craint,
Et vostre Majesté trop iustement soupçonne

Vn mespris qui m'afflige autant comme il m'estonne:
Hier au soir, au Bal, auec ses courtisans,
Ayant par vn malheur laissé choir vos presens
Son ame tout à coup pour Blanche fut troublée,
Au iuste estonnement de toute l'assemblée,
Moy dont la vigilance & la fidelité
N'aspirent qu'au bon-heur de vostre Majesté,
Ie les leuay de terre à dessein de luy rendre,
Et ie luy presentois, mais loing de les reprendre
Il me vient de charger par vn ordre inhumain
De les jetter au feu.....

M A R I E.

tu suiuois son dessein?
F E R N A N D.

C'estoit auec regret qu'en ce fâcheux seruice
Ma main vous alloit rendre vn si mauuais office.
M A R I E.

Toy qui lis dans mon cœur, & qui vois sur mon front
Le vif ressentiment d'vn si cruel affront,
En faueur des transports de ma jalouse rage
Poursuy de m'obliger, acheue ton ouurage,
Et cherche les moyens de faire prendre au Roy
Ces gages malheureux, pour r'appeller sa foy.

Fin du premier Acte.

ACTE II.
SCENE PREMIERE.
DOM ESTVNIGVE, HENRY,
D. ESTVNIGVE.

BLanche est hors de prison, & ie croy qu'on l'ameine
De la tour du chasteau dans la chambre prochaine,
Le Roy m'a commandé de vous en auertir.

HENRY.

Sçait-on pour quel sujet il l'en a fait sortir?

D. ESTVNIGVE.

Non, Seigneur, mais ie crains quand ie voy que sās cesse
On parle de la mort d'vne telle Princesse,
Des-ja le bruit en volle, & tous les Citoyens
Estiment que ce iour est le dernier des siens;
Mais elle entre .....

HENRY.

ah! Madame .... ah! combien ie regrette
Le malheur qui m'oblige à voir comme on vous traitte.

C

SCENE II.

HENRY, D. ESTVNIGVE, ISABELLE, D. ALONSE,
BLANCHE.

Les mains enchaisnées & conduitte par les Gardes.

QVoy sans aucun respect du sexe ny du rang
Venez vous ordonner que l'on verse mon sang?
„ Ie ne crains point la mort , c'est la fin d'vne vie
„ Qui nous rend immortels en nous estant rauie,
„ La vie est vn present que nous tenons des Cieux,
„ Mais vn present fragile autant que precieux.
   Si le Roy Mon Seigneur , desire voir ma teste
Sur vn triste échafaut, la voyla toute preste.

HENRY.

„ Pour les simples sujets soit dressé l'échafaut,
„ Non pour ceux qui sont nez en vn degré si haut,
Ie ne viens point vous faire vn si triste message
Madame, & que le Ciel destourne ce presage!
Helas! vous sçauez bien que ie me suis porté
Mille fois au combat pour vostre Majesté,

En vous recognoiſſant pour legitime Reyne,
Pour fâme de mon frere & pour ma ſouueraine,
Mais puis-je ſuporter que ces indignes fers
Preſſent les belles mains de celle que ie ſers?
Ah! ie veux .....

BLANCHE l'arreſte.

demeurez......c'eſt moy qui vous l'ordonne,
I'eſtime beaucoup plus mes fers que ma Couronne,
Et ces teſmoins d'vn cœur qui n'eſt iamais vaincu
Me verront expirer telle que i'ay veſcu,
Mais ſi vous conſeruez cette fidelle enuie
De rendre quelque office à ma mourante vie,
Comme ie vous ay veu dans mon ſort rigoureux,
Et touſiours fauorable, & touſiours genereux,
Dittes moy ſi l'enfer a iuré ma ruine,
Pour quelle occaſion l'on m'oſte de Medine,
Quel ſpectacle nouueau l'on veut faire de moy,
Et quel eſt le deſſein de Marie & du Roy?

HENRY.

I'ignore le ſujet d'vne telle entreueuë,
Et meſme i'ignorois voſtre heureuſe venuë ....
Mais deſia pour vous voir la Reyne vient icy.

SCENE III.

BLANCHE, LA REYNE MERE, HENRY,
D. ESTVNIGVE, ISABELLE, D. ALONSE.

BLANCHE se veut mettre à genoux.

Madame ....

LA REYNE la releue.

ie ne puis vous escouter ainsy.

BLANCHE.

Helas, grande Princesse! estant si miserable,
Puis-je encor deuant vous estre considerable,
Quoy, vostre cœur sensible aux traits de la pitié,
Conserue-t'il pour moy sa premiere amitié?
Et depuis le long temps que ie suis malheureuse,
M'est-il encor permis de vous voir genereuse?

LA REYNE.

Auez-vous recognu quelque inconstance en moy
Qui vous face douter de ma premiere foy?
Et ne sçauez-vous pas que vous ayant aymée
Autant que iusqu'icy vous m'auez estimée,
Je vous doy regarder tousiours égallement?

Puis-qu'aymant vne fois i'ayme eternellement.

BLANCHE.

Apres tant de bontez que faut-il que ie die ?
Voftre faueur extreme enfin me rend hardie,
Et vous m'excuferez fi dedans ce moment
J'adjoufte vne priere à mon remerciment.

    Madame, vous fçauez combien les deftinées
Ont attaché de maux à mes ieunes années,
Et combien voftre fils, mon Prince & mon efpoux,
M'a fait fentir d'effets d'vn iniufte courroux,
Obtenez de ce Prince ennemy de ma vie
Que par vn dernier coup elle me foit rauie,
Qu'il me foit fauorable en m'eftant inhumain ;
Et qu'il me rende heureufe en mourant de fa main.

LA REYNE.

Suffit que par fa flâme ardente & criminelle,
Il méprife vos feux, & vous foit infidelle,
Sans qu'il vous foit cruel.

BLANCHE à Henry.

            Finiffez donc mes iours,
Trop long-temps pour ma gloire en a duré le cours.

HENRY.

Madame asseurez-vous que s'il m'estoit possible
De finir vos malheurs comme i'y suis sensible,
Vous en auriez bien-tost ressenty les effets,
(Et i'en tiendrois mes vœux dignement satisfaits)
  Si ie pouuois mourir en vous rendant seruice,
Ce seroit proteger l'honneur & la iustice,
Les graces, les beautez, les vertus & l'amour
Qui choisirent en vous leur illustre sejour,
Mais en vain ie conçoy ce dessein honorable,
Ie suis pour vous seruir trop foible & miserable.

LA REYNE.

Et le Roy de Marie estant trop amoureux,
Loin d'estaindre sa flâme a ralumé ses feux,
Tantost se repentant par vn genereux zele
Il m'auoit protesté de vous estre fidele,
Et mesme ayant depuis receu l'Ambassadeur
Nous pensions qu'il bruslat d'vne si saincte ardeur,
Mais son facile esprit à soy-mesme contraire
Est tousiours incertain des choses qu'il veut faire,
Il forme cent desseins qu'aussi-tost il destruit,
Et l'amour rend tousiours ses promesses sans fruit :
Dans cette passion de qui la honte éclatte,
Il reçoit seulement le conseil qui le flatte,

Et tous ſes ſentimens vont à l'extremité.

BLANCHE.

Que doy-ie donc attendre en mon auerſité ?
Faut-il qu'inceſſamment ie pleure & ie ſouſpire
Sans pouuoir approcher du bon-heur où i'aſpire ?
Le Roy rit de ma peine & loin de me guerir,
Il ſe plaiſt l'enſenſible à me faire mourir ;
Comme ſa cruauté, ſon amour me deuore,
Ie l'adore pourtant, mais en vain ie l'adore,
Touſiours ma patience augmente ſa rigueur,
Et iamais la pitié n'entre dedans ſon cœur.

HENRY.

Madame, il eſt certain que voſtre peine eſt grande,
Et qu'en l'ame du Roy l'injuſtice commande,
Mais gardez le ſilence au milieu du regret ;
Et ſi vous vous plaignez que ce ſoit en ſecret.

BLANCHE.

Quoy vous me deffendez meſme iuſqu'à la plainte,
Afin qu'auec mon corps, mon ame ſoit contrainte ?
O Cieux, qui m'affligez, quel crime ay-ie commis,
Que les plus vertueux ſoient de mes ennemis ?

HENRY.

Le Roy vient.....

SCENE IV.

LE ROY, BLANCHE, LA REYNE MERE, HENRY,
LE COMTE DE NARBONNE, D. ALONSE,
D. ESTVNIGVE, ISABELLE.

LA REYNE au Roy.

Receuez voſtre fidelle fâme,
Mal-heureuſe & conſtante,
BLANCHE aux pieds du Roy.
ah! mon Prince,

LE ROY.

ah! Madame,
Ie ne ſçaurois parler, au moment où ie ſuis,
Vous voir & vous entendre eſt tout ce que ie puis.

BLANCHE.

Seigneur, bien que Marie auecque violence
M'ait inſqu'icy touſiours impoſé le ſilence,
Que ie la doiue craindre en mes derniers ennuis,
Et qu'en l'eſtat funeſte où mes iours ſont reduis,
Il ſemble leſormais qu'il me ſoit ſalutaire
De ne rien dire icy, ie ne me ſçaurois taire,

Puiſquē

Puisque i'ay ce bon-heur qu'enfin voſtre bonté
Me permet de parler auecque liberté.

    Ie ne ſçay ſi le temps qui marque ma conſtance
A pû rien obtenir ſur voſtre reſiſtance ?
Ou ſi vous perſiſtez, dans l'extréme rigueur
Qu'vne amour eſtrangere a miſe en voſtre cœur ?
De moy ie ſuis la meſme, & i'ay touſiours en l'ame
La chaſte pureté de ma premiere flâme,
Helas ! ſouuenez vous qu'autrefois plein d'ardeur
Vous n'auiez pour mes yeux, ny deſdain, ny froideur ;
Vn mutuel deſir vniſſant nos penſées,
Tenoit lors, ſans nous voir, nos ames enlacées,
Et par vn meſme feu nos eſprits animez,
Se pouuoient lors vanter d'aymer & d'eſtre aymez :
Mais quelque temps apres voſtre ame ailleurs charmée
Eſtouffa ce beau feu d'vne noire fumée,
Voſtre foy fit naufrage, & voſtre cruauté
Deuint le triſte prix de ma fidelité.

    Si ce recit m'emporte auec trop de licence,
Ma longue affliction m'en donne la puiſſance ;
Ie reuere pourtant en voſtre Majeſté
Le viſible portrait de la diuinité,
Et pour m'acquiter mieux de ce fidele homage
Ie rend tous mes deuoirs à voſtre belle Image,

D

A qui dans ma prifon i'adreſſe tous les iours
Ma priere & ma plainte auecque mes diſcours,
Car pour chaſſer l'effroy de ma demeure obſcure,
Comme ſur vn Autel ie mets cette peinture,
Mes penſers, mes ſouſpirs, & mes vœux innocens
Luy ſeruent iour & nuict de parfums & d'encens,
Et mon cœur embrazé d'vn deſir legitime
Luy ſert inceſſamment de flâme & de victime.
Là, ce portrait ce ſemble, en changeant de couleur,
Pareſt comme touché d'vne viue douleur,
Il deuient paſle, il réue, il ſe plaint, il ſouſpire,
Et ſon ſilence meſme exprime mon martire;
Si voſtre portrait m'ayme & reſſent mon ennuy,
Ne ſoyez pas, Seigneur, moins ſenſible que luy:
Helas! depuis mes fers neuf funeſtes années
Dedans le ſein du temps ſont deſia retournées,
Sans auoir peu ioüir du bien de la clarté,
Ny ſceu dire mes maux à voſtre Majeſté,
Apres vn ſi long-temps de peine & de miſere;
Expliquez moy mon ſort, que faut-il que i'eſpere?
Mes ſouſpirs auront-ils quelque pouuoir ſur vous?
Auray-ie deſormais vn traittement plus dous?
Mes plaintes, mes langueurs, mes ſouffrances, mes larmes,
Mon vnique eſperance, & mes dernieres armes,

Apres tant de malheurs pourront-elles toucher
Vn cœur tendre pour tous, mais pour moy de rocher?

LE ROY.

Oüy, Madame, il est vray, i'aurois vn cœur de roche
S'il resistoit aux traits d'vn si iuste reproche;
Toutefois ce rebelle a long-temps disputé
Deuant qu'il se soit veu tout à fait surmonté,
L'amour flattoit mes sens d'vne flâme nouuelle;
La raison m'ordonnoit de vous estre fidelle,
D'vn esprit diuisé i'escoutois tous les deux,
Enflâmé que i'estois de deux differens feux;
Mais Blanche reste enfin seule dans ma pensée,
Et de mon souuenir, Marie est effacée.
Dieu! quel aueuglement au mien estoit pareil?
Pour vn simple rayon ie quittois le Soleil:
Ah! Madame, espargnez ces precieuses larmes,
Afin de me domter il suffit de vos charmes,
Regnez dedans mon ame, & triomphez de moy,
I'eus tort, ie le confesse, en vous manquant de foy;
Mais desia la douleur jointe à la repentance
Vous vange de vos maux & de mon inconstance,
Si cela ne suffit, par mille cruautez
Vangez vous des mespris qu'ont receu vos beautez

Il luy presente son espée.

D ij

Acheuez, voſtre peine en finiſſant ma vie,
Puis-qu'auſſybien que moy, l'honneur vous y conuie,
Percez, percez ce cœur, ce cœur injurieux,
Qui deuint inſenſible aux attrais de vos yeux,
Et ne differez point ..... ma perte eſt legitime.

BLANCHE.

Grand Prince, l'amour ſeul a fait tout voſtre crime
Et ie ſuis trop heureuſe, & le Ciel m'eſt trop doux,
S'il me rend quelque place au cœur de mon eſpoux,

LE ROY.

Le tranſport où i'eſtois m'auoit caché ces cháynes
Dont le triſte ornement n'eſt pas celuy des Reynes,
Il luy oſte ſes fers.

Leur bruit parle ce ſemble encor de mon peché;
Mais i'en ſuis maintenant ſi viuement touché,
Que pour punition d'vne ſi grande offence,
Il faut que mon regret vous ſerue de vengeance,
Et vous verrez encore en mes affections
Les merueilleux effets de vos perfections:
Quoy ! loin de me punir & de m'eſtre ſeuere,
Vous ne me faittes voir, ny haine, ny colere,
Je ſçay bien la raiſon d'vn traitement ſi doux,
Vous voulez conſeruer ce qui ſe rend à vous,
Et ſans conſiderer, la faute, ny l'outrage,

Vous imitez ce Dieu dont vous estes l'image,
Qui ne peut des mortels la perte consentir,
Dés qu'il voit dans leurs cœurs naistre le repentir :
Oüy, Madame, vn pardon, si grand, si fauorable,
Est de la vertu mesme vn exemple adorable,
Et vous ne m'auez pas surmonté seulement,
Mais vous m'auez vaincu deux fois en vn moment,
Ainsi me pardonnant sans vous estre vangée
Sous vos aymables loix mon ame s'est rangée,
Ie vous rend vostre esclaue & ne vous donne rien,
Ie suis vostre conqueste, & i'estois vostre bien,

LA REYNE à Blanche.

Ie serois criminelle en tardant dauantage
A vous feliciter d'vn bien que ie partage,

BLANCHE.

Il vient de vous....

LA REYNE.

des Cieux,

HENRY.

il m'a si fort surpris,
Que ie pensois qu'vn charme enchantast mes espris.

LE COMTE.

Grand Monarque aujourduy ce retour à vous mesme,
Est vn puissant effet de la bonté supréme :

Miraculeux effet de qui la verité
Semblera fabuleuse à la posterité,
Par luy vostre sagesse enfin nous est connuë,
Et par luy vostre foy nous parest toute nuë.

HENRY.

Vous auez fait sur vous des efforts bien puissans,
Vostre ame courageuse a surmonté vos sens,
Et vous auez, mon Prince, auiourduy cette gloire
D'emporter sur vous-mesme vne belle victoire,
,, Peu de Roys ont ainsi leurs desirs surmontez,
,, Et plusieurs ont vaincu, mais peu se sont domtez.

LE ROY.

Je veux, en signe heureux, d'vne publique ioye,
Faire éclater les biens que le Ciel nous enuoye,
Je veux que l'on depéche en France dés ce iour,
Et qu'elle participe aux plaisirs de ma Cour,
Enfin pour vn bon-heur si parfait & si rare,
Ie veux qu'en m'imitant tout le monde se pare.

BLANCHE.

Le iuste Ciel s'accorde à mes iustes desirs,

LA REYNE.

I'ay ressenty vos maux, ie ressens vos plaisirs.

Fin du second Acte.

ACTE III.
SCENE PREMIERE.

LE ROY seul.

Honteux ressentimens d'vne impudique flâme
Que l'amour mal gré moy fait renaistre en mõ ame!
Coupables entretiens de mes crimes passez,
Dans mon facile esprit sans dessein retracez!
Pernicieux desirs aux Amans ordinaires!
Inutiles souhaits, plaisirs imaginaires!
Sortez de mon esprit & de mon souuenir,
Et ne reuenez plus d'où ie veux vous bannir;
Ne m'offrez plus iamais vne Image si noire
Dont ie veux étouffer iusques à la memoire.
　Mais Dieu! qu'en mon amour i'ay peu de iugement!
Et que ma passion agit peu sagement!
Cette femme dés-ja deuroit estre chassée
Aussi loin de ma Cour comme de ma pensée,

Il en faut donner l'ordre .... ah, la voicy venir !
A peine en la voyant me puis-ie retenir,
Ie sens à son abord tout mon sang qui se trouble ;
Et cette émotion tout d'vn coup se redouble ;
Dissimulons pourtant .....

SCENE II.

MARIE, LE ROY.

MARIE.

Le trouble où ie vous voy
Ne sied pas bien, mon Prince, au front d'vn si grãd Roy,
Ma presence vous nuit, & ie suis peu sensée,
Où ie ne regne pas dedans vostre pensée ;
Mais parlez moy sans feinte & ne me celez plus
Ce que vous m'apprenez par ces regars confus,
Car ie ly dans vos yeux vne funeste enuie
Qui vous amene icy pour m'arracher la vie :
Oüy, pour m'assassiner en m'ótant vostre cœur,
Helas, quelle iniustice ! ô Ciel, quelle rigueur !
Hé quoy ! pretendiez vous me cacher cette trame ?
Et me rendre secrets les desseins de vostre ame ?
Vouliez vous me couurir vostre infidelité ?

LE

LE ROY.

Iugez de mes desseins auec plus d'equité,
Ma bouche est de mon cœur l'interprete fidelle,
Et ce que i'ay dans l'ame est expliqué par elle,
Ie vous ayme. . . .

MARIE.

où sont donc ces gages de ma foy ?
Ces nœux, ces chastes nœux que vous eustes de moy ?
Où sont mes brasselets, mon portrait, ma ceinture ?

LE ROY.

Ah, vaine deffiance ! ô foible conjecture ?
Quoy, vostre deplaisir se fonde la dessus ?

MARIE.

I'en ay mille sujets. . . . .

LE ROY.

ah, soupçons mal conceus !
Ie perdy vos presens, hier dans l'assemblée,
Vostre ame apres cela, sera-t'elle troublée ?
Me pardonnerez-vous ?

MARIE.

insigne trahison !
Me tenez-vous sans cœur, sans esprit, sans raison ?

E

Et, quoy que vous difiez, penfez vous que i'ignore
Vn mefpris qui m'outrage & qui me deshonore ?
Vous auiez commandé qu'on les jettaft au feu,
M'aymeriez vous encor en m'eftimant fi peu ?

LE ROY tout bas.

Quoy, Fernand me trahit ?

MARIE.

　　　　　　　ah, mes yeux! dans vos larmes
Efteignez deformais vos flâmes & vos charmes,
Vous n'auez plus d'empire au cœur de voftre Roy,
Ce Roy qui vous ayma veut retirer fa foy,
Oüy, fa foy, cette foy publiquement donnée
Deuant les faincts Autels en faueur d'Hymenée,
Je confeffe que Blanche a de nouueaux appas,
Que peut-eftre aujourduy fa riuaile n'a pas,
,, On ayme toufiours mieux la lumiere brillante
,, Que répand au matin l'aurore eftincellante,
,, Que celle du Soleil proche de l'Occident,
,, Bien qu'il foit plus aymable & qu'il foit plus ardent.

LE ROY.

Madame, vous auez des charmes adorables,
Ie remarque en vos yeux des trais incomparables
Je fens auec refpect la douceur de leurs coups,
Et fi i'eftois à moy, ie ferois tout à vous,

Mais vous ſçauez que Blanche eſtant déja ma fâme,
Ie n'ay deu receuoir vne ſeconde flame,
Ny legitimement ſortir de ma priſon
Où ie viens de rentrer ainſi qu'en ma raiſon,
Quel moyen donc iamais de me ſeparer d'elle
Sans meriter le nom d'vn parjure infidelle?
Et puis, quand ie pourrois par l'infidelité
Me détacher des fers dont ie ſuis arreſté,
Ie croirois offencer voſtre beauté celeſte
Vous donnant de mon cœur le miſerable reſte,
Et ce ſeroit bleſſer vos attrais eſclattans
D'offrir à vos Autels des ſouſpirs inconſtans,
Il vous faut d'vn eſprit la premiere franchiſe,
Et ſur ſes ieunes vœux fonder voſtre entrepriſe.......

MARIE.

A quel but donc, grand Roy, tendoit voſtre deſſein?
Quand vos brulans ſouſpirs paſſerent dans mon ſein,
Et qu'enfin, pour vous ſeul, ie perdy la memoire
De l'honneur de ma race, & du ſoin de ma gloire,
Alors, certes alors, ie n'euſſe pas penſé
Que iamais mon bon-heur peuſt eſtre trauerſé,
Non, ie n'euſſe pas creu, qu'vne amour criminelle
Euſt peu prendre naiſſance en vne ame ſi belle,

Car ie la penſois telle, & parce que i'aymois
D'vn legitime feu, telle ie l'eſtimois.
Mais enfin ie connoy que ſes fauſſes careſſes,
Ses feintes voluntez, & ſes vaines promeſſes,
Ses écrits tous de flâme, & ſes ardens diſcours,
Ne tendoient qu'à ma honte en ſes lâches amours.

LE ROY.

Que dittes vous, Madame, & qu'eſt-ce que vous faictes?
Me reconnoiſſez-vous, ſçauez vous qui vous eſtes?
Auez vous oublié voſtre condition,
Auec le ſouuenir de voſtre extraction?
    Le ſeul flambeau d'amour nous a joints l'vn à l'autre;
I'eſtois mary de Blanche auant qu'eſtre le voſtre,
Ie vous ay paru tel, mais apprenez enfin   [larcin]
Que tout ce faux Hymen n'eſt rien qu'vn beau
Qu'vn amoureux peché qui pareſt legitime,
Qu'vn royal adultere & qu'vn illuſtre crime;
Songez donc deſormais au lieu d'où vous ſortez,
Et ne pretendez plus à d'autres qualitez.

MARIE.

I'endure cet affront? & l'on nomme adultere
Vne flâme ſi pure? & ma vois s'en peut taire?

Ah, c'eſt trop me contraindre! éclatez, mes douleurs!
Parlez, haut mes ſoupirs! faictes vous voir mes pleurs!
Quoy, ie pourray ſouffrir qu'vne ſeconde flâme
Vous diuiſe le cœur & vous partage l'ame,
Et qu'elle m'oſte encor cette triſte moitié,
Voſtre ancienne amour deuenant amitié?
Donc ma fidelité ſi long-temps abuſée
Sera pour l'vniuers vn ſujet de riſée?
Et vos peuples diront parlant vn iour de moy
Elle fut ſeulement la maiſtreſſe du Roy.
Que ie meure pluſtoſt! & que pluſtoſt la foudre
Eclatte ſur ma teſte & me reduiſe en poudre!

LE ROY.

Quelquefois ces grands feux s'eſteignent par des pleurs.

MARIE.

Oüy, dans la paſſion de ces eſprits trompeurs,
Qui n'aymēt que par feinte & dont l'ame eſt changeãte,
Mais ma flâme eſt extreme autant qu'elle eſt conſtante
Elle eſt dans mon eſprit, dans mon ſang, dans mon cœur,
Et ie veux à iamais adorer mon vaincœur.

Elle ſe met à genoux.

LE ROY la releue.

Pleuſ au Ciel que ie peuſſe, & ſans crime, & ſans blâme
Bruſler encor pour vous d'vne pareille flâme,
Helas! vous me verriez, vous me verriez touſiours
Obſeruer ſainctement le voeu de mes amours,
Mais.... & vous le ſçauez, cent differens preſages
Capables d'eſtonner les plus fermes courages,
Me montrent vn poignard ſur ma teſte pendant,
Et font que ie redoute vn ſiniſtre accident,
Mes yeux ne ſont remplis que d'horribles figures,
Mes eſprits ne ſont pleins que de mauuais augures
Qui me parlent de Blanche, & qui ſecretement
M'obligent de luy faire vn meilleur traittement.
    Aſſez long-temps l'Eſpagne a rougy de ma faute
Qui pareſt d'autant plus que ma naiſſance eſt haute.
Et le peuple inſolent qui veut iuger les Rois
Aſſez pour cette faute a mepriſé mes lois,
Aſſez mon fer trempé dans le ſang de mes freres
A donné de la peur à trois partis contraires,
Aſſez ce glaiue affreux qui punit les meſchans,
En forme de Comete a paru ſur nos chams,
Aſſez la faim, la ſoif, les peſtes & les guerres
Ont deſerté pour moy les citez & les terres,

Assez & trop souuent, on a veu choir des Cieux
Du sang & de la flâme en ces coupables lieux.
Spectacle non commun! prodige espouuentable!
Autant qu'il est funeste & qu'il est veritable.
Cent fois vous auez craint ces marques de fureur,
Et vous m'en auez fait cent fois naistre l'horreur,
Vn iour me reprochant mes amours insensees
Vous me fistes changer vous-mesme de pensées,
Et depuis, retenant ce que vous m'apprenez,
J'obserue les conseils que vous m'auez donnez.

En effet il est vray, l'œil de Dieu nous regarde,
Son extreme bonté deffend Blanche & la garde,
Et sa puissante main dedans l'affliction
A receu cette Reyne en sa protection;
Combien a-t'elle pris de boissons inutiles?
Encor que les effets en parussent faciles,
Combien d'empoisonneurs, ayant offert leurs mains,
Par crainte ou par respect ont trompé nos desseins?

MARIE.

Quittez, quittez grand Roy, ces vulgaires scrupules!
Ostez vous de l'esprit ces craintes ridicules!
Depuis neuf ans entiers vous estes mon espous
Sans que l'on ait veu Blanche vn moment auec vous,

Qui vous oblige donc à retourner vers elle
En vous rendant parjure à qui vous est fidelle.

LE ROY.

C'est la hayne du Ciel que ie crain d'encourir

MARIE.

Le Ciel vous force-t'il à me faire mourir?
Et pouuiez vous enfin sans encourir sa hayne
Au mespris de ses lois, dissoudre nostre cheyne?
Puisque ce mesme Ciel considerant ma foy
Vous deffend le diuorce & vous parle pour moy.
Mais verriez vous sans pleurs vostre fâme affligée
Par ses souspirs profonds vainement soulagée?
Verriez vous sans regret de mes auersitez,
Trois malheureux enfans du naufrage restez?
Leur feriez vous traisner vne mourante vie
De mille ennuis diuers incessamment suiuie?
Comme ceux que la mer par ses flots courroucez,
En quelque terre estrange a tristement poussez.
Seul espoir d'vne mere au sort abandonnée,
Helas! venez icy ma suitte infortunée!
Afin qu'aux grans malheurs qui se viennent offrir,
Vous appreniez de moy de bonne heure à souffrir,

Et

Et que pour émouuoir le plus grand Roy du monde
Voſtre ieune eloquence au beſoin me ſeconde ;
Eloquence muette, eloquence de pleurs,
Mais qui mieux que ma voix luy dira mes douleurs.

LE ROY tout bas.

Bien que ie ſois atteint iuſques au fonds de l'ame,
Reſiſtons toutefois & vainquons cette fâme.

Il reuient vers Marie.

Mon cœur reſſent pour vous ſa premiere amitié,
Et n'eſt pas inſenſible aux trais de la pitié,
Si ie n'eſtois émeu ie ſerois vn barbare ;
Mais le Ciel aujourduy luy-meſme nous ſepare,
Et la voix de ce Dieu que l'enfer meſme craint,
A ce iuſte diuorce aujourduy me contraint,
C'eſt ce qu'il me commande; & c'eſt ce que m'annonce
Preſque toutes les nuiĉts, le Roy mon pere Alphonce.
Ah! mon fils, me dit-il, r'allume par pitié
Ton ancienne ardeur pour ta chaſte moitié.
En ſuitte vous ſçaurez la viſion étrange
De ce ieune Berger, ou plûtoſt de cet Ange
Qui me tint l'autre iour ce menaçant propos,
Prince arreſte & m'entens, voicy ses meſmes mots.

F

Tous tes projets auront l'issuë,
Qu'en guerre ton ame a conceuë,
Si tu quittes, Marie, & vis mieux desormais,
Mais si tõ cœur persiste en sa coupable enuie
Tes maux ne finiront iamais.
Et tu perdras dans peu la Couronne & la vie.
Ce fut dedans le bois à cent pas de ces lieux,
Et mesme il me souuient qu'à l'heure dans les Cieux
De rayons esclattans l'aurore couronnée
Auoit sur l'horison la clarté ramenée.

MARIE.

,, Ignorez vous encor que ces illusions,
,, Ces trompeuses vapeurs, ces fausses visions,
,, Et ces fantómes vains, prouenans des chimeres
,, Qu'on se forme en réuant, ressemblent à leurs meres,
,, Leurs corps paraissent vrais, mais ils ne sont souuent
,, Que le songe d'vn songe, & que le bruit d'vn vent,
,, Et tel voit mille objets cependant qu'il sõmeille,
,, Qui n'en voit plus pas vn si tost qu'il se réueille.
Ainsi.....

LEROY.

non, non Madame, il est certain qu'alors
Ie veillois de l'esprit de mesme que du corps,

Que iamais vision ne fut plus veritable,
Et que iamais objet ne fut plus remarquable :
Mes veneurs, s'il vous plaist de les interroger,
Vous diront que du Ciel descendit ce Berger,
L'air fesoit souleuer l'or de ses tresses blondes,
Comme quand le zephire émeut vn peu les ondes,
Et l'on voyoit briller vn feu presagieux
Alentour de sa teste ainsi que dans ses yeux,
Sa grace estoit celeste & sa beauté diuine,

MARIE.

Il le falloit conduire en la tour de Medine,

LE ROY.

C'est là qu'auecque soin mes gardes l'ont tenu
Sans auoir peu sçauoir ce qu'il est deuenu

MARIE.

Sur vostre recit mesme on peut iuger sans peyne
Que la fourbe prouient d'vne coupable Reyne,
Qui voulant......

LE ROY.

iugez mieux de ses intentions,
L'innocence tousiours regla ses actiens,

F ij

Son cœur est genereux , sa conduite est royalle,
Et son ame iamais n'a paru desloyalle,
Ie l'ayme ⁊ ie l'admire , elle est deuant mes yeux
Vn chef-d'œuure parfait, vn miracle des Cieux,
Seule semblable à soy , comparable à nulle autre ,
La honte de mon sexe ⁊ la gloire du vostre ;
Absent ie suis l'objet de ses chastes desirs,
Present ie suis la fin de tous ses deplaisirs,
Ie suis dans son estime , en tous lieux , à toute heure,
Infidelle, ou constant, sans cesse i'y demeure,
C'est le plus grand tresor que mon Empire ait eu :
Enfin cet l'honneur mesme ⁊ la mesme vertu.

MARIE.

Tesmoins tous ces poisons, ⁊ tesmoins tous ces charmes,
Qui m'ont tant fait jetter de souspirs ⁊ de larmes
Lors qu'estant agité de leurs tourmens secrets ,
De cent peuples entiers vous causiez les regrets ;
Tesmoins ces beaux presens ! ⁊ ces belles ceintures
Qu'elle fit enchanter !

LE ROY.

        Dieu, quelles impostures ?
Quels blasphames ! c'est trop .... ah, sortons de ces lieux :
Ie ne te veux plus voir supplice de mes yeux.

SCENE III.

MARIE, demeure seule.

Q*Voy tu rendras honteuse, infame, & delaissée,*
Celle qui si long-temps regna dans ta pensée?
Et tu me quitteras en ce funeste iour
Où Blanche va cueillir les fruits de mon amour?
Donc elle aura ma place? & dans mon infortune
Ie ne te seray plus desormais qu'importune?
Quel rigoureux destin, renuersant mes honneurs,
Me rend, de souueraine, esclaue des malheurs?

SCENE IV.

DOM ALONSE, MARIE.

DOM ALONSE.

Qve voſtre Majeſté ſorte de cette ville,
Et demain au plus tard ſe retire à Seuille,

MARIE.

Moy ....

D. ALONSE.

c'eſt l'ordre du Roy qui le commande ainſy,

MARIE.

Il luy faut obeïr..... laiſſe moy ſeule icy.

SCENE V

MARIE seule.

LE Barbare, triomphe, & me laisse affligée,
Ma riualle est contante, & ie suis outragée;
La pitié, la douceur, la Iustice, la Foy,
N'habitent plus l'Espagne, ou n'y sont plus pour moy.
Pour me persecuter tout change de nature,
La Iustice n'est plus, la Foy se rend parjure,
La pitié, la douceur, deuiennent cruauté,
Et le sort me reduit à telle extremité,
Que ie ne treuue rien, au Ciel, ny sur la terre,
Qui ne soit resolu de me faire la guerre.
Pour augmenter mes maux, le destin a permis
Que ie porte en moy-mesme encor des ennemis,
Mes propres sentimens s'efforcent de me nuire,
Ie m'accorde auec eux afin de me détruire,
La honte, & le depit, la vengeance, & l'amour,
Viennent également m'affliger à leur tour.
Le regret de me voir Amante infortunée
Aller dans vn exil finir ma destinée,

Me met la honte au front & le depit au cœur,
Et mes feux, dont l'oubly ne peut estre vaincœur,
Produisent mon amour, ma colere, & ma hayne,
Et tous ces ennemis entretiennent ma peyne.

    Meurs dõc triste Princesse ! il vaut biẽ mieux mourir,
Que de viure en langueur & sans cesse perir ;
Desespoir ! qui finis les malheurs sans remede,
Entre dans mon esprit, ma raison te le cede,
Ie conserue au besoin dequoy m'oster le iour.

Elle veut sortir, & puis elle reuient.

    Mais quoy, doy-ie mourir, sans venger mon amour ?
Cet ingrat, ce perfide, auroit donc l'auantage
De viure satisfait dans vn autre seruage ?
Et sa legereté qui fait naistre mon deuil
Par vn coup violent m'auroit mise au cercueil ?
Qu'il meure auparauant, ma gloire le demande,
Mon desespoir le veut, ma fureur le commande.

    Vous, qui regnez, tousiours dans l'horreur & le bruit,
Compagnes de la mort, & filles de la nuit !
Puissances des enfers, si souuent reclamées,
C'est tenir trop long-temps vos oreilles fermées ;
Que ce cry redoublé de ma tonnante vois
Obtienne ma vengeance ; & vous touche vne fois :

Ombres,

Ombres, Larues, Terreurs, Rages, Transports, Furies,
Exercez deſſus moy toutes vos barbaries :
Ie conſens de perir auec l'amour du Roy,
Pourueu que ce méchant periſſe auecque moy,
Et que pour me venger comme ie le deſire
Cet Hercule adjourduy treuue ſa Deianire ;
Ah ! mon cœur tranſporté d'amour & de fureur,
Ne reſpire que ſang, que carnage, & qu'horreur,
Qu'il meure, qu'il periſſe, & que ſon auanture
Soit la honte & l'effroy de la race future.

Comme elle ſort, elle rencontre Fernand.

Le ſort tout à propos conduit Fernand icy ?
Hé bien, ton entrepriſe a-t'elle reüſſy ?

G

SCENE VI.

MARIE, FERNAND.

FERNAND.

Madame, vn grand effet de mon obeiſſance,
Eſt que de mes deſſeins ie banny la prudence,
Et que pour rompre vn piege où l'on vous veut jetter
Ma ſcience au tombeau me va precipiter,
Mais, heureux le ſujet, qui perit pour ſa Reyne,
Et plus heureux encor qui la tire de peyne,
Hier craignant de voir mes charmes deſcouuers
I'eus recours de la ſorte au pouuoir des enfers,
Ie gardois . . . . . mais ie crain,

MARIE.

que crains-tu ?

FERNAND.

ie redoute
Que quelqu'vn . . . . .

MARIE.

ne crain point, perſonne ne t'eſcoute.

FERNAND.

Ie gardois auec ſoin comme vn rare treſor,
Par l'ordre du Roy meſme, vn Ceinture d'or,
C'eſt l'vnique preſent que ce Prince infidelle
A iamais eu de Blanche, & qu'il conſerue d'elle.

MARIE.

Il eſt vray.....

FERNAND.

*   ſeul hier, loin du monde & du bruit,*
Trauerſant l'eſpaiſſeur des ombres de la nuit,
I'allay dans vne plaine où les fleurs n'oſent creſtre,
Et meurent auſſi toſt que l'on les voit pareſtre,
Au bout de cette plaine, aupres d'vn creux rocher
Que les Magiciens peuuent ſeuls approcher,
Pareſt vn fort rampart de qui l'horrible feſte
Sur Oſſe & Pelion pourroit hauſſer la teſte,
L'affreux debris des Tours d'vn Chaſteau ruiné
Reſte depuis vn ſiecle autour enraciné,

G ij

Si bien quē ce Chasteau demeure inhabitable,
Et n'est plus des long-temps qu'vn Antre épouuentable,
Vne Sauuage mousse, vn Lierre tortu,
Tapissent les degrez du Portique abbatu,
   Plus loin s'esleue vn bois, dont la vieille verdure
Vid les premiers mortels qu'enfanta la Nature.
Dans ce bois où le iour ne peut porter ses rais
S'apprennent de l'enfer les plus rares secrets ;
On voit toutes les nuits dans ces demeures sombres
Errer confusément des Demons & des Ombres,
Les arbres d'alentour d'effroy se sont pliez,
Et se sont tous les vns dans les autres liez.
   Là, d'abord à genoux, c'est d'ordre du mistere,
Ie formay dans vn Cerne vn secret caractere,
Ou, confondant vos noms & vos chiffres en vn,
Pour vous vnir au Roy d'vn lien non commun,
A la main serra vos cœurs d'vne inuisible chayne
Leur inspira pour Blanche vne mortelle hayne,
Et mit sur sa Ceinture vn charme si puissant
D'vn effet si funeste, & d'vn sort si pressant,
Que si le Roy la porte il faut qu'à la mesme heure
Il vous vienne adorer, & qu'enfin Blanche meure.
Car mes enchantemens font tout ce que ie veux,
Ie dispose à mon gré du Ciel & de ses feux,

Ie suis maistre des vens, ie commande aux orages,
Mes charmes tous les iours produisent des naufrages,
Ie transforme des bois la figure & le rang,
Les ruisseaux s'il me plaist ne coulent que de sang,
I'obscurcy du Soleil l'eclatante lumiere,
Par trois mots proferez i'arreste sa carriere,
La Lune me reuere, & tous les Elemens
Flechissent auec crainte à mes commandemens,
De sorte que l'enfer manquera de puissance
Si ie ne voy l'effect de son obeissance.

MARIE.

Ie n'ay iamais douté, secourable Fernand,
Qu'ainsi que ton desir, ton pouuoir ne fust grand,
Aussi dans la fureur dont mon ame est regie
Il faut plus que iamais vser de ta Magie,
Il faut pour appaiser mes esprits agitez,
Que mon ressentiment passe aux extremitez ;
,, Car auec vn perfide on peut iustement l'estre,
,, Et c'est vne vertu que de trahir vn traistre ;
Si ie suis infidelle à qui receut ma foy,
I'imite mon Espoux, & i'imite mon Roy.
    Donc, ô mon cher Fernand, toy seul en qui i'espere,
Pers ce cruel mary, pers ce barbare pere,

Et par le promt effet d'vn mesme enchantement
Pers Marie, auec Blanche, en ce triste moment;
De bon cœur ie souhaite en ma colere extreme
Qu'afin de me vanger tu me perdes moy-mesme:
Alors si pour complaire à mes Manes errans
Mourante ie puis voir mes ennemis mourans,
Ie periray contente & sans estre pleurée
I'iray dessous la terre, Ombre des-honorée.
     Helas! Fernand, helas! on se deffait de moy,
On m'exile, on me chasse, & par l'ordre du Roy.

FERNAND.

C'est auecque regret que ie vien de l'apprendre,
Mais la Ceinture est preste, & le Roy la va prendre,
Car il veut qu'auiourduy l'on se pare à la Cour
Comme pour faire à Blanche vn triomphe d'amour.

MARIE.

Ne me flattes-tu point d'vne vaine esperance?
Puis-ie sur ce rapport fonder quelque asseurance?

FERNAND.

Ie luy vien de donner

MARIE.

que ne demeurois-tu?

Pour adjouſter au charme encor quelque vertu?

FERNAND.

Outre que ma preſence, y ſeroit inutile,
Que l'effet en doit eſtre, auſſi promt que facile,
Et que ie ſuis venu pour vous en auertir
C'eſt l'apprehenſion qui m'en a fait ſortir.

MARIE.

Quelle apprehenſion?

FERNAND.

que deſſus mon viſage

On ne leuſt de ſon mal l'infaillible preſage,
„ Car dans ces actions le mouuemens du cœur
„ Aux frons les plus hardis font changer la couleur,
„ Et cette couleur meſme eſt vn miroir fidele
„ Ou, ce qu'on a dans l'ame, auſſi toſt ſe decele.
Et puis i'ay deſcouuert, par les geſtes du Roy,
Que ſon cœur a conceu quelque hayne pour moy,
Il m'a comme en courrous arraché la Ceinture;
Et tout ce procedé m'eſt de mauuais augure.

MARIE.

Ah! ie ne verray point l'effet que doit auoir
En cette occasion ton magique pouuoir,
Et ie ne sçaurois croire au mal qui me possede
Qu'Enfers, Terres, ny Cieux, me donnent du remede;
Mais si t'estant flatté d'vn sçauoir incertain
Ton art reste inutile & ton secours est vain,
Ie veux au desespoir dont ie suis possedée
Pour vn second Iason estre vne autre Medée,
Et si le sort ne rend mes desseins superflus
Ie veux si ie le puis encore faire plus.

Fin du troisieme Acte.

ACTE IIII.
SCENE PREMIERE.

FERNAND, DOM ESTVNIGVE, DOM ALONSE.

FERNAND tout bas.

EN ce magique effet tout mon bon-heur confiste....
D. ALONSE.
Helas ! faut-il qu'ainfi toute la Cour s'attrifte ?
Ah ! malheur......
FERNAND.
d'où prouient le trouble où ie vous voy ?
D. ESTVNIGVE.
Helas ! dans peu de temps nous n'aurons plus de Roy,
FERNAND.
Comment ?
D. ESTVNIGVE.
vn mal fubit, vn mal efpouuentable
A rendu fon abord tout à coup redoutable.

H

D. ALONSE.

Comme par quelque charme, il deuient furieux,
Et l'éclair de la foudre est desia dans ses yeux,
Il parle de Marie, & ie crains qu'il la voye.

FERNAND.

Quelle fatalité trauerse ainsi sa joye ?
Et d'où son mal enfin peut-il estre venu ?

D. ESTVNIGVE.

On n'en sçait rien, Fernand, c'est vn mal inconnu,
Mais il pleure, il souspire, il gemit, il frissonne.

D. ALONSE.

Dieu ! qui l'auroit causé ?

FERNAND.

sçachez que i'en soupçonne....

D. ALONSE.

Qui.....

FERNAND.

Blanche,

D. ALONSE veut tirer l'espée.

ah, parlez mieux.... mais le Roy vient icy ?

FERNAND effrayé se retire à l'escart.

Esloignons nous .....

SCENE II.

LE ROY, BLANCHE, LA REYNE MERE, HENRY,
LE COMTE DE NARBONNE, ISABELLE,
DOM ESTVNIGVE, DOM ALONSE,
FERNAND à l'écart.

Toute la Cour est parée d'ornemens nouueaux.

B L A N C H E arrestant le Roy.

Grand Prince, où courez-vous ainsy ?

LE ROY enchanté de la Ceinture qu'il porte.

Sans conseil, sans raison, dans vn transport extréme,
Ie m'égare, me pers, & me cherche moy-mesme,
Et ie suis si changé de celuy que ie fus,
Qu'en moy-mesme à present ie ne me treuue plus.
Triste, incertain, troublé, confus dans mes pensées,
Sur de diuers desseins mille fois balancées,
Et dans l'obscurité d'vn promt déreglement
Ie me treuue l'esprit remply d'aueuglement ;
L'Eurype en sa fureur, pousse, mene & ramene
Ses flots tumultueux auecque moins de peine,

H ij

Et tout ce qu'on nous feint des tourmens d'Ixion
N'a rien de comparable à mon affliction.

    Dures gesnes des cœurs, lons supplices des ames,
Mes tourmens inconnus, & mes secrettes flâmes,
Afin d'oster sans peine à ce debile corps
La vigueur qui luy reste, assemblez vos efforts,
Vnissez tous vos trais, & vous mes destinées,
Deuidez tout d'vn coup le fil de mes années;
C'est me faire vne grace, & c'est me secourir
En ce moment fatal, que me faire mourir.

HENRY.

Si de vos actions que tout le monde a sceuës,
Je n'auois pour tesmoins mes yeux qui les ont veuës;
L'estat où maintenant à regret ie vous voy
Me feroit méconnestre, & mon Frere, & mon Roy.

LE ROY.

Cent fois mon corps blessé de glorieuses playes
T'a donné de mon cœur des marques assez vrayes,
Et combattans tous deux cent fois en mesme rang,
Tu m'as veu sans trembler cent fois couuert de sang,
Mais icy ma douleur force ma resistance,
Et mon mal-heur icy surmonte ma constance.

HENRY.

D'où vient ce changement?

LEROY.

Ie supporte des maux,
Des maux qui iusqu'icy n'ont iamais eu d'egaux.
Ah, que ne suis-ie mort en gaignant des batailles ?
Vn triomphe pompeux eut fait mes funerailles,
Qu'en naissant ne mourois-ie ? & que de mon berceau
La mort ne faisoit-elle autrefois mon tombeau ?
Ou que ne perissois-ie au front de ces Armées
Par toy-mesme autrefois à ma perte animées ?
J'eusse eu cét auantage en ces tristes combats
Que de connestre au moins l'autheur de mon trespas,
Mais vn Demon secret m'attaque sans paraitre,
Sans se montrer me blesse, & me surmonte en traitre.

BLANCHE.

Ciel! qui voyez l'estat de ce Prince amoureux,
Donnez-luy par ma perte vn sort moins rigoureux,
Souffrez qu'il soit l'Admete, & que ie sois l'Alceste
Qui sauue vn si grand Roy d'vne mort si funeste,
Pour deux de vos enfans n'en faites perir qu'vn:
Et ne frappez que moy dans ce mal-heur commun.

BLANCHE

LE ROY.

Mon mal s'appaise un peu,

BLANCHE.

quels si dangereux charmes
De nos communs plaisirs font nos publiques larmes?
Ie me croyois heureuse, & pensois que l'amour
banniroit pour iamais les plaintes de la Cour,
Et me repentir mesme ayant finy ma peine
Le soin de mes ennemis rend l'entreprise vaine;
Mais que me sert ce bien si vostre Majesté
N'en jouït auec moy.

LE ROY auec mespris.

Dieu quelle vanité!
Vostre espoir s'est fondé sur un bien perissable,
Vous auez aujourduy basty dessus le sable,
Pris l'ombre pour le corps, & la nuict pour le iour
En pensant que mon ame eust pour vous de l'amour,
Vostre esprit s'est nourry de fantasques chimeres,
Qui de tous vos plaisirs estant les seules meres,
Vous ne deuez auoir aucun estonnement
S'ils sont éuancüis aussy soudainement.

BLANCHE.

Quoy defauoürez vous vne amour fi connuë ?

LE ROY.

Quãd tous la connaitroient & quãd tous l'auroiët veue,
Quand mefme il feroit vray que mon affection
Euft eu quelque douleur de voftre affliction,
Dequoy vous peut feruir cette gloire paffée
Qu'à produire vn regret dedans voftre penfée ?
Il vous feroit plus doux de n'auoir eu iamais
Le bon-heur de gouter des plaifirs fi parfais.

BLANCHE.

I'eftimois que le temps qui change toutes chofes
Auoit auffi changé mes efpines en rofes,
Mais les maux que fans fin vous me faittes fouffrir
Sont de ceux que la mort peut feulement guerir.
Depuis neuf ans ie fouffre auec conftance extreme
Des maux qui lafferoient la conftance elle-mefme,
Mais enfin ie regrette , & le dy deuant tous,
D'auoir receu du Ciel vn fi fafcheux épous :
Malheureux fut le iour, qu'Amante & qu'infenfée
I'imprimay fon portrait dans ma ieune penfée,

 # BLANCHE

Et que ie souhaitay de viure sous ses lois ;
En preferant l'Espagne à l'Empire François :
Helas ! il me souuient qu'alors sur mon visage.....
D'vn lien si funeste infortuné presage !
Diuerses fois des pleurs coulerent sans dessein,
Que des marques de sang parurent sur mon sein,
Et qu'vne peur secrette en mon cœur se fit voye
Trauersant tout à coup mon repos & ma joye,
On me fit negliger les auertissemens
Que le Ciel me donnoit par ces commencemens,
Mais depuis, les effets m'ont par experience
Appris de mes malheurs la fatalle science,
Et le sort ne sçait plus de quels malheurs troubler
Vne ame que ses trais acheuent d'accabler.

LE ROY.

Lors-que pour vous aymer ie quitteray Marie,
L'air sera sans oyseaux, la mer sera tarie,
Quand ie vous aymeray, la courriere du iour
Du costé d'Occident commencera son tour.

BLANCHE.

Grand Prince, i'ay du cœur, & ie suis trop bien née
Pour n'estre pas constante, estant infortunée,

Vous

Vous l'auiez reconnu ; ce n'est pas d'auiourduy
Qu'on me voit courageuse en vn mortel ennuy ;
Mais si ce n'est assez de six Prisons horribles
A toute autre qu'à moy peut-estre plus terribles,
Ou mon cœur trop fidele a tousiours enduré
Sans auoir seulement vne fois murmuré,
Encore que ce cœur digne de ma naissance
N'ait eu pour l'assister que sa seule innocence,
Si ce n'est pas assez de peines, de rigueurs,
De larmes, de souspirs, de plaintes, de langueurs,
Qu'afin de contenter vostre cruelle enuie
Auecque le respect ie perde icy la vie :
Ie sçay bien que de vous dépend mon triste sort,
Mais Seigneur, grace au Ciel, ie ne craint point la mort,
I'ay dés-ja veu tomber sous des mains execrables
De mes vieux Officiers les testes venerables,
Et si vous desirez vous deffaire de moy,
Ie vous tesmoigneray que ie suis à mon Roy :
Commandez seulement qu'on m'apporte vne espée,
Qu'elle soit dans mon sein par vous-mesme trempée,
Et que mon crime enfin soit laué dans mon sang
Si i'ay fait quelque chose indigne de mon rang.

Que ne finissiez vous ma vie & ma misere ?
Sans prolonger mes iours pour m'estre plus seuere ?

I

Que ne me laiſſiez, vous expirer ſous mes fers?
Sans me rendre vn bon-heur qu'en meſme temps ie pers?
Quoy? parce que ie ſuis malheureuſe, & ſans crime,
Ne me couronnez, vous que comme vne victime?

Elle s'arrache & iette à terre ſa Couronne & ſon Sceptre.

Ie vous oſte & vous quitte ornemens ſuperflus,
Puiſque mon Roy me hait, ie ne vous ayme plus;
Mais d'où vient cette hayne? ay-je eu l'ame aſſez baſſe
Pour faire vne action, digne de ma diſgrace?
Ay-ie manqué d'amour, de reſpect, ou de foy?
Negligé mon deuoir, mépriſé voſtre loy?
Non, iamais contre vous ie n'ay commis d'offence,
Et Dieu qui void nos cœurs, connait mon innocence.
Vous m'auez, cependant fait mettre dans les fers,
Et deſcendre viuante au milieu des Enfers:
Les Corbeaux, les Hiboux, dans l'effroy des tenebres,
Ont joint leurs cris affreux à mes plaintes funebres.
Les cachots gemiſſans de mes longues douleurs
D'horreur & de triſteſſe ont reſpandu des pleurs;
I'ay ſenty mille fois comme eſmeus de m'entendre
Leurs hauts murs de pitié s'éclatter & ſe fendre:
Et mille fois, helas! d'effroyables ſerpens,
En longs & bleus replis au tour de moy rampens;

Tous prests de me porter la blessure mortelle,
D'vne approche funeste, & d'vne dent cruelle,
Ont changé de nature & sont deuenus dous
Pour parestre à mes maux plus sensibles que vous.

LE ROY.

Quittez donc desormais, cette vaine esperance
De triompher de moy par la perseuerance,
Rompez vostre entreprise & perdez le dessein
De regner par contrainte au milieu de mon sein ;
Vos plaintes, vos regrets, vos souspirs, & vos larmes,
Contre mes volontez sont d'inutilles armes,
,, L'affection est libre, & iamais la rigueur
,, N'a peu ranger par force vn magnanime cœur,
,, La force ne peut rien sur vn ame bien née,
,, Contre la violence elle est plus obstinée,
,, On peint l'amour aueugle & comme vn ieune enfant
,, Pour montrer qu'il se porte à ce qu'on luy deffent.

LA REYNE au Roy.

,, La parole des Rois est vne destinée
,, Qu'on ne peut retracter depuis qu'elle est donnée,
Vous nous l'auiez promis, & ie tenois pour moy
Comme vn Oracle saint, la voix d'vn si grand Roy ;

 BLANCHE

Mais bien loin de traitter la Reyne d'autre sorte
Enfin ie reconnoy que l'amour vous emporte,
Et qu'au lieu d'arrester ce furieux torrent
Nos soins font naistre en vous un brasier deuorant.

LE COMTE.

Ah, Sire ! que dira, mon Prince, vostre frere ?
Apprenant de ma bouche un effet si contraire,
A ses vœux, à ma peine, & mesme à vos sermens.

LE ROY.

Le Ciel ne punit point les parjures Amans
Et le Roy vostre maitre excusera ma flâme
Si l'amour quelquefois a regné dans son ame,
Mais ne me parlez plus de Blanche desormais ;
Mon cœur a resolu de ne l'aimer iamais.

BLANCHE pleure.

Iustes Cieux.....

HENRY.

toutefois, cette grande Princesse
Auecque la beauté possede la sagesse ;
Et son diuin exemple aux personnes d'honneur
De ce malheureux siecle est l'unique bon-heur.

LA REYNE à Blanche.

Allons offrir au Ciel, pour le rendre propice,
Nos esprits & nos vœux au lieu de sacrifice.

BLANCHE sort.

Ie vous suy....que de maux! quels effets! quels malheurs!
Helas! qui souffriroit constamment mes douleurs?

SCENE III.

LE ROY, HENRY, LE COMTE DE NARBONNE,
DOM ALONSE, DOM ESTVNIGVE, FERNAND.

LE COMTE.

SIre, i'aurois icy beaucoup de retenuë
Si ma fidelité ne vous estoit connuë,
Et vous cachant l'excez de mon ressentiment
Ie seruirois mon Roy peu genereusement;
„Il est vray que les Grands cherissent qui les flatte,
Mais i'aurois l'esprit lâche, & i'aurois l'ame ingratte,
Si l'apprehension auoit quelque pouuoir
Qui me fis oublier l'honneur ou le deuoir.

Vous me donnez, grand Prince, vne sensible attainte,
Vostre cœur plein de feu remplit le mien de crainte,
Treuoyant pour vous-mesme vn triste euenement
Que ie n'ose vous dire en mon estonnement.

Vous sçauez bien que Blanche a des parens illustres
Qui gouuernent les Lis, depuis pres de cent lustres,
Et qu'elle peut conter par la faueur des Cieux
Cent Roys pour alliez, & cent Roys pour ayeux,
Les François, les Anglois, l'Escosse & la Sauoye,
S'apprestent à vanger son injure auec joye,
Et desia les voisins des peuples Portugais
Pour vous faire la guerre auec eux font la pais.

LE ROY.

Quand Charles, pour vanger le dépit de son ame,
Apporteroit icy le fer auec la flâme,
Quand il rebelleroit contre moy mes sujets,
Ie ferois auorter ses malheureux projets,
Il treuueroit la mort au lieu de la victoire,
Et dessus son tombeau i'eleuerois ma gloire,
Aucun Monarque encor ne m'a donné la loy,
Et quand le Ciel luy-mesme auroit joint contre moy
Les troupes de la France aux Flottes d'Angleterre
On me verroit sans peur soustenir cette guerre.

De cent Princes voisins puissamment allié,
I'ay dans l'Espagne encor vint mille hommes sur pié,
Et dix mille cheuaux glorieux & superbes,
Apres tant de combats foulent encor les herbes,
Mais sortez de ces lieux , & n'y rentrez iamais ;
Vous qui me menacez iusques dans mon palais.

HENRY.

Ah , Sire ....

LE COMTE à Henry.

au moins, Monsieur, deffendez la Princesse,
Et tenez......

HENRY au Comte tout bas.

oüy , Monsieur, ie tiendray ma promesse,
Et pour mieux asseurer vostre Prince de moy ,
Portez luy ce cachet pour gage de ma foy,

LE COMTE sort.

Adieu....

SCENE IV.

LE ROY, HENRY, DOM ESTVNIGVE,
FERNAND, DOM ALONSE.

HENRY.

Ce procedé qui ternit voſtre eſtime
Va rendre des François la guerre legitime,
Auſſi de quelle ſorte, auſſi de quelle ardeur,
Auez vous fait réponſe à leur Ambaſſadeur?

Ah, Sire! que de maux! par vne amour funeſte,
Que la terre condamne, & que le Ciel deteſte;
Ie fremy quand ie penſe aux meurtres que l'on fit
Dans Toro, dans Burgos, & dans Vailladolit,
L'Eſpagne a fait cent fois, pour exemples tragiques,
Des Theatres ſanglans de ſes places publiques;
Mais i'apprehende enfin que vos derniers projets
Ne vous rendent bien-toſt Monarque ſans ſujets,
„Car comme nous voyons que ces cheſnes ſuperbes
„Qui ſembloient meſpriſer d'en haut les baſſes herbes,
„Au milieu de l'orgueil d'vn ſort audacieux
„Seruent parfois de butte à la fureur des Cieux;

De

,, *De mesme la fortune ayant tourné sa rouë,*
,, *Precipite les grans du Trône dans la bouë,*
,, *Et tel, quand vn estat vient par fois à changer,*
,, *De Prince fait Monarque est fait de Roy Berger.*
,, *Dieu, qui dedans ses mains enclost les destinées,*
,, *Fait souuent son ioüet des testes couronnées :*
　　De moy ie cours en France, & ie vay dés ce iour
Luy presenter mon bras en quittant vostre Cour,
Henry vangera Blanche ; & sera par iustice
Contre vn autre Eteocle vn autre Polinice,
Et la diuision n'esteindra son flambeau,
Que lors qu'vn de nous deux sera mis au tombeau.

　　　L E R O Y　court àpres Henry.

Ie t'empécheray bien de m'estre si contraire :
Perfide … ,. laissez moy,

　　　　D. A L O N S E l'arreste.

　　　　　Sire, c'est vostre frere :

　　　　L E R O Y.

Ah, traistre ! tu mourras…. mais ie suis desarmé.
　　　D. E S T V N I G V E tout bas.
Que Fernand m'est suspect !

　　　　　　　K

D. ALONSE à l'escart.

fans doute on l'a charmé.

LE ROY.

Sors viſte mal-heureux, ou ma fureur extreme
Ne pardonnera pas à mon propre ſang meſme.
Va, va ſeruir la France! & quitte mon party!
Seul, tu me verras vaincre :

FERNAND s'approche du Roy.

en fin il eſt ſorty.

SCENE V.

LE ROY, DOM ESTVNIGVE, DOM ALONSE, FERNAND.

LE ROY.

AH, *Fernand vient icy! n'as-tu point veu la Reyne?*
FERNAND.

Sire, elle eſt .....

LEROY.

ou, Fernand?

FERNAND.

                    hors de la salle à peyne,

LE ROY.

Je parle de Marie, ou plutoſt de mon cœur;

FERNAND.

Elle ſouffre en exil voſtre extreme rigueur:

LE ROY.

Ah, cette rigueur ceſſe & ma hayne eſt perie
Car ie ne puis ſouffrir l'abſence de Marie,
Mon vnique bon-heur, mon ſouuerain eſpoir,
Ie ne puis demeurer plus long-temps ſans te voir;
De ta ſeule beauté mon ame eſt poſſedée,
Et ſi ie ne te voy i'adore ton idée.

FERNAND à Marie qui vient.

Jl eſt temps de pareſtre,

                                        K ij

SCENE VI.

LE ROY, MARIE, DOM ESTVNIGVE, FERNAND, D. ALONSE.

LE ROY.

> O ma Reyne quels lieux
Afin de m'affliger te cachoient à mes yeux?

MARIE auec mespris.

Qu'en peu de temps l'amour releue ma fortune!
Ma naissance tantost estoit basse & commune,
A present ie suis Reyne, & vostre passion
Donne vn esclat auguste à ma condition;
Mais de mesme qu'vn fort trop facile à se rendre
Vous méprisez vn cœur s'il ne couste qu'à prendre
Et vostre Majesté me desabuse enfin,   [larcin,
Tout nostre faux Hymen n'est rien qu'vn beau
Qu'vn amoureux peché qui parest legitime,
Qu'vn royal adultere, & qu'vn illustre crime.

LE ROY.

Croy que comme tes yeux m'apprirent l'art d'aymer
Tu peux seule me vaincre & seule me charmer.

D. ESTVNIGVE.

Ah, Cieux!

LE ROY à genoux.

en cet estat pardonne moy mon ame
Si i'ay banny tantost le respect de ma flâme.

D. ALONSE tout bas.

Helas, quel changement!

MARIE releue le Roy.

il faut à cette fois
Faire ceder mon ame à vos diuines lois:
Ie vous doy pardonner & ie serois blâmable
De refuser le cœur d'vn Roy si fort aymable;
Ie l'ayme tout volage & tout changeant qu'il est;
I'abhorre l'inconstance, & l'inconstant me plaist,
Approche toy Fernand.... écoute....ie desire
Qu'vn peu plus loin du Roy sa suitte se retire.

Elle meine le Roy à l'écart.

Il faut que ie declare auec fidelité
Vne affaire importante à voſtre Majeſté :
Sire, ie crains que Blanche aujourduy ne ſe vange,
Ou ſur vous, ou ſur moy, par quelque ſort eſtrange,
„ Quelquefois la vengeance eſt fille de l'amour,
„ Et les plus doux eſprits mettent ce monſtre au iour :
„ Les plaiſirs qu'on reçoit ſur le ſable ſe tracent,
„ Mille flots ſuruenans auſsi-toſt les effacent,
„ Au contraire des maux qui d'vne forte main
„ Et d'vn ſtile d'acier ſe grauent ſur l'airain ;
I'ay peur que cette fâme orgueilleuſe & cruelle
Dans le iuſte meſpris que vous auez fait d'elle,
Ne porte ſon depit à l'extreme rigueur
L'amour ayant fait place à la hayne du cœur ;
„ Il faut plus redouter vn cœur remply de rage,
„ Que le funeſte bruit qui precede l'orage,
„ Car ce bruit quelquefois menace ſans frapper,
„ Mais ce cœur diſsimule afin de mieux tromper :
D'vn jaloux déplaiſir ſon ame enuenimée
La rendra contre vous tout á fait animée,
Et le reſſentiment de ſa longue priſon
Se deffera de moy par quelque trahiſon.

Il la faut preuenir :

LE ROY.

pour te plaire ma Reyne,

Ie confens que fa perte affouuiffe ta hayne,
Et puifque ton falut depend de fon trépas
Hommes, Demons, ny Cieux, ne l'empécheront pas,
Oüy, Blanche perira, i'en iure ma Princeffe.

D. ESTVNIGVE.

Dieu, qu'enten-je ?

MARIE à Fernand tout bas.

vien mettre à l'effet fa promeffe.

LE ROY continuë.

Et fa mort ne vangeant ta hayne qu'à demy
Sa cendre & fon tombeau m'auront pour ennemy.

D. ALONSE.

A l'écart fuiuant de loin Marie & Fernand.

Ils fortent, fuiuons les ....

LE ROY continuë.

      ie terniray ſa gloire,
Ie rendray ſon renom infame à la memoire,
Ou bien ie feray tant que la poſterité
Pourra douter vn iour qu'elle ait iamais eſté.

Fin du quatriéme Acte.

ACTE V.
SCENE PREMIERE.

HENRY, DOM ALONSE.

D. ALONSE.

SEigneur, le Roy luy-mesme a iuré sa ruine,
Et ie ne voy plus rien, hors la bonté diuine,
Qui puisse desormais l'empécher de mourir.

HENRY l'espée à la main.

N'importe, en me perdant, ie la veux secourir,
Mourant ie ne plaindray, ny le sang, ny la vie,
Si ie puis empécher qu'elle luy soit rauie ;
Et ie reuien sans crainte au milieu du danger,
Pour destourner sa perte, ou bien pour la vanger :
Les gardes du Chasteau pleins de cœur & de hayne
M'ont promis de me suiure & d'assister la Reyne,
Nous combattrons ensemble animez iustement,
Et si nous perissons ce sera noblement.

L

 ## BLANCHE

D. ALONSE.

Songez auparauant à defcouurir les charmes
D'où ie croy que Marie a fait naiſtre nos larmes,
Ie vous ay dés-ja dit.... Seigneur écoutez moy.

HENRY fort viſte.

Ie ne puis t'efcouter.... voicy venir le Roy.

SCENE II.

LE ROY, DOM ALONSE, DOM ESTVNIGVE;

LE ROY à foy-mefme.

ENfin ma volonté ne fera plus bornée,
En fin ma paſſion fera ma deſtinée,
J'adoreray Marie, & perfonne iamais
De nos libres amours ne troublera la pais.

Il rompt le grand portrait de Blanche qu'il rencontre.

Tout periſſe de Blanche ainfi que fa peinture,
Et pour n'auoir rien d'elle, oſtons nous fa Ceinture;

Il jette à terre la ceinture enchantée.

En fin ie regneray .... mais d'où vient que mes yeux
Se laiſſent aſſoupir de pauots ennuyeux?

Le soleil montre encor ses ardentes lumieres,
Et des-ja le sommeil veut siller mes paupieres ;
Dissipons-le pourtant.... quelqu'vn vient deuers nous.

D. ESTVNIGVE.

L'esprit du Roy, ce semble, est deuenu plus dous,

LE ROY à Dom Alonse.

As-tu chassé Marie ? as-tu rendu sa vie
Plus digne de pitié qu'elle ne fust d'enuie ?

D. ALONSE estonné.

Elle est encore icy...vous auiez commandé
Qu'elle en sortist....mais Sire....

LE ROY.

*   elle a trop retardé,*
Oüy, ie veux qu'elle parte, au plus tard dans vne heure,
Et qu'en exil Fernand auec elle demeure,
*   Que fait la Reyne ?*

D. ALONSE.

*   elle est en son appartemens*
Qui se plaint en secret de vostre traittement ,
Là ses souspirs ardens & ses bruslantes larmes
De ses beaux yeux encor ont augmenté les charmes.

L ij

LE ROY.

Pourquoy? quel traittement?

D. ESTVNIGVE.

                    ah, grand Monarque, helas!
Vous qui causez ses maux ne les sçauez vous pas?
Tantost.....

LE ROY.

            il me souuient, ainsi que de ces songes
Que forme le sommeil ce pere des mensonges,
Que ie parlois tantost à la Reyne en courrous.

D. ALONSE.

Ah Sire! en cet estat chacun fuyoit de vous,
Et si i'osois parler de cet estat funeste,
Ie dirois vn soupçon qui dans l'esprit me reste.

LE ROY.

Quel soupçon?

D. ALONSE.

            que Fernand, par vn secret pouuoir,
N'ait employé sur vous vn magique sçauoir;
L'ayant veu parler bas à la Reyne Marie,
Et les ayant suiuis dedans la galerie,

D'vn cabinet obscur où ie me suis rendu,
I'ay sans peine & sans bruit ce discours entendu.
Ne crain point, mais poursuy l'affaire projettée
Disoit-elle tout haut, & comme transportée;
Car bié qu'en ce dessein tu t'exposes pour moy
A souffrir quelque iour la colere du Roy,
Espere toutefois que pour prix de ta peyne,
Si ie puis me reuoir seule & paisible Reyne,
Ie seray sans puissance, ou ie te feray grand.

LE ROY.

Gardes, amenez-moy, Marie auec Fernand;
Ah Ciel! que me dis-tu?

D. ALONSE.

ce que ie vien d'entendre.

LE ROY.

Il est vray que c'est luy qui m'a tantost fait prendre
La Ceinture de Blanche & qu'il la conseruoit
Depuis neuf ans entiers que ma hayne viuoit,
Que i'ayme ta franchise! & que tu m'es fidele!

Il cherche la ceinture.

Ie la vien de jetter, en quel endroit est-elle?

 BLANCHE

D. ALONSE.

Elle est…. ah la voicy! gardez de la toucher,
Et gardez seulement mesme d'en approcher.

LE ROY.

Miserable Fernand, ingrat & lasche traistre,
Infidelle à ta Reyne & perfide à ton maistre,
Apprens moy quelle rage & quel dereglement
A peû porter ton ame à cet aueuglement?
De quel si grand espoir flattois-tu ta pensée?
N'auois-je pas assez ta fortune auancée?
Tout le monde estimoit que mon affection
T'auoit fait aussi grand que ton ambition.

Il parle à Dom Alonse qui sort.

Qu'on aille de ce pas faire venir la Reyne.

D. ESTVNIGVE.

Sire, Isabelle vient…..

LE ROY.

                    approche qui t'ameine?
En quel estat est Blanche?

SCENE III.

LE ROY, ISABELLE, D. ESTVNIGVE.

ISABELLE en pleurant.

ah, grand Prince ….

LE ROY.

ô malheur!

ISABELLE.

Elle est en vn estat qui cause ma douleur.
LE ROY.

Dy moy ce que i'ignore & ce que ie redoute,
Vous Cieux! assistez moy…. parle viste, i'escoute,
Tes souspirs, ton silence, & tes tristes regars
A mon cœur affligé sont autant de poignars.

ISABELLE luy presente vne lettre.

Ce papier le tesmoin de sa plainte secrette
En cette occasion sera mon interprete,
Vous lirez, s'il Vous plaist, ce qu'elle auoit escrit.

LE ROY la reçoit.

Ecrire à son Tyran, ô genereux esprit!

Il l'ouure.

Seigneur, i'ay découuert d'où viét vôtre furie,
Henry voftre frere m'apprend
Que par les charmes de Fernand
Vous auez adoré les charmes de Marie.
  Ie reçoy toutefois le poifon de vos mains,
Car l'amour qui m'oblige à fuiure vos deffeins
Coûme mon ame eft immortelle;
  Ce feu dont ie brufle eft fi beau.
Que par fon ardeur éternelle
Il aura le pouuoir d'efclairer mon tombeau.

  C'eft Blãche de Bourbon voftre fidelle fâme
Adieu.... telle ie meurs §

Il tombe entre les bras de D. Eftunigue.

                    fouftenez, moy, ie pâme.
          D. ESTVNIGVE.
Ah, deplorable Reyne!
          ISABELLE.
                    ô Prince infortuné!
A combien de malheurs l'amour t'a deftiné?
Toy le fujet fatal de fes funeftes flâmes,
De quels regrets, Marie, afflige-tu nos ames?

                                        11

D. ESTVNIGVE.

Il respire ...... & son cœur reprend son mouuement.

ISABELLE.

Laissons agir sa plainte & son ressentiment.

LE ROY.

Ah, douleur trop muette, explique ta pensée;
Fay connaistre l'estat d'une ame trauersée:
Parle, parle de Blanche, & que mon souuenir
La conserue à iamais quoy qu'il puisse auenir.
Helas ie voy des-ja ses léures qui se peignent
D'une pasleur mortelle, & ses yeux qui s'esteignent.

Il releue de terre le portrait de Blanche qu'il auoit jetté.

O vous que i'appellois mes Soleils & mes Dieux!
Ieunes astres d'amour! bruslans, mais chastes yeux!

Il baise sa lettre.

Vous ses derniers escrits & ses restes vniques,
De mon bien perissant precieuses reliques:
Ecoutez mes souspirs, considerez mes pleurs,
Veritables tesmoins de mes viues douleurs.

M

Quoy Blanche ne vit plus? Blanche qui dans mon ame
Auoit causé l'ardeur de ma premiere flâme?
Quoy cet objet diuin de mes affections
Est le triste sujet de mes afflictions?
Que n'est-elle viuante? ou bien que ne fut-elle
Pour consoler ma perte autrefois criminelle?
Mais helas! elle est morte, & morte innocemment,
Et le regret m'en reste en l'ame incessamment,
,, L'œil du vice tousiours sur la vertu s'attache,
,, Et dans sa pureté nous cherche quelque tache,
Mais Blanche dont la terre admiroit la pudeur
En mourant laisse d'elle vne agreable odeur,
Sa gloire reste entiere & la jalouse enuie
N'a iamais pû noircir vne si belle vie;
Que ie fus insensible à ses diuins appas!
Que ie fus insensé de ne l'adorer pas!
Que sa mort est estrange! & que son auanture
Laisse vn tragique exemple à la race future!
Les siecles à venir detestans ma fureur
Ne pourront prononcer mon nom qu'auec horreur.

Toutefois, chaste Blanche, entreprend ma deffence,
Tu sçais qu'innocemment i'ay commis cette offence:
O ma saincte moitié! les Cieux me sont tesmoins
Que i'eus tousiours pour toy de veritables soins;

Mais comment éuiter les embuſches mortelles
Que l'enfer preparoit à nos amours fidelles ?
Quel moyen d'eſchapper à ces enchantemens
Qui trauerſoient le cours de nos contentemens ?
Ie ne veux pourtant pas excuſer ma foibleſſe,
Ie ſuis trop criminel, ma Reyne, ma Deeſſe,
Auſſi pour te vanger, ie ſuis preſt de mourir.

Il parle A D. Eſtunigue.

En ce preſſant malheur tu me peux ſecourir
Si tu cheris ton Prince, offre luy ton eſpée;

D. ESTVNIGVE.

Soit elle à vous ſeruir pour iamais occupée,
Mais non pas pour vous nuire.

LE ROY.

ah, quelle cruauté!
Que tu m'es inhumain par ta fidelité !
Quoy ie ne puis mourir? moy qui ne dois plus viure?
Pour rencontrer la mort, quel chemin faut-il ſuiure ?
Ie penſe qu'il ſuffit de mes viues douleurs,
Des-ja ſecrettement ie ſens bien que ie meurs,
Ie viuray toutefois afin que ie puniſſe
Marie auec Fernand par vn meſme ſupplice.

M ij

ISABELLE.

Voſtre frere a des-ja luy-meſme effectué
La moitié du deſſein & Fernand eſt tué,
Ce Prince genereux vient de prendre ce traiſtre,
Et le voyant troublé dés qu'il l'a veu paraiſtre,
Ah, méchant, *luy dit-il,* ah, perfide c'eſt toy
Qui ſemes le diuorce entre Blanche & le Roy:
Marie a confeſſé ton ſacrilege crime
Qu'aſſez ſans ton aveu ton viſage m'exprime:
Fernand deteſte alors ſon miſerable ſort,
Et luy répond ainſi ..... i'ay merité la mort,
Il eſt vray i'ay vécu dans ces fauſſes maximes
Par qui les laſchetez paſſent pour legitimes;
Ma ſcience magique eſt l'horrible degré
D'où le vice monta ſur le thrône ſacré,
Et mes enchantemés ont fait naiſtre les peynes
De la plus malheureuſe & plus ſage des Reynes;
Vous, fideles demons! aux accens de ma vois
Accourez m'aſſiſter pour la derniere fois,
Puiſque mon Art enfin à moy-meſme nuiſible
Me rend mon ſort preſent & ma perte viſible:
Par mes vers en tous lieux ſi fort apprehendez
Faictes pareſtre icy comme vous m'entendez,

Et que voſtre faueur ſi ſouuent reconnuë
Face éclatter ſur moy les foudres de la nuë.

   Les Demons ſans pouuoir ſe mocquent de ſa vois
Et tous les Elemens luy ſont ſours à la fois.

   Le Prince alors le frappe & le iettant par terre
Henry fera, dit-il, l'office du tonnerre;
Il le met ſous ſes piez & de ſa propre main
Il plonge ſon eſpée en ſon coupable ſein,
Là ſe ſentant mourir.... ce monſtre deteſtable
Fait vn cry furieux, horrible, eſpouuentable,
Son corps ſe releuant retombe auecque bruit,
Et ſon ame ſous terre en murmurant s'enfuit.

LE ROY.

Reçoy Blanche, reçoy, cette funeſte offrande,
En ſatisfaction d'vne faute ſi grande;
Mais Marie....

ISABELLE.

       ayant veû ſes crimes découuers,
Et n'eſperant plus rien des Cieux ny des Enfers,
Elle a fait à ſon ame vn malheureux paſſage
En perçant d'vn poignard ſon ſein remply de rage.

LE ROY.

Eſt-elle morte?

ISABELLE.

ron.... mais....

LE ROY.

       il la faut guerir
Pour la faire à mon gré plus longuement mourir,
Que ne peut-elle auoir cent renaissantes vies?
Afin que par cent morts elles luy soient rauies.
,, L'espoir des criminels gist en la seule mort,
Vn supplice si promt honoreroit son sort,
Ie veux mettre en son sein des peines incroyables,
Des soucis deuorans, des remors effroyables,
Et pour punir son ame auec plus de rigueur
Des Serpens, des Vautours, déchireront son cœur.

Il parle à D. Estunigue.

Va luy faire donner vne retraitte affreuse
Au plus sombre cachot de la tour la plus creuse,
Là fay luy ressentir, la faim, la soif, les fers,
Et s'il se peut encor tous les maux des enfers,
Iusqu'à tant que le Ciel par vn coup de sa foudre
La terrasse, l'embrase, & la reduise en poudre.

D. Estunigue sort.

Vous fideles sujets, suiuez-moy, venez tous,
Voir ma Reyne & la vostre: & la voir à genoux;

Car ie veux qu'on l'adore & qu'on bâtiſſe vn Temple
A ſa haute vertu, qui n'eut iamais d'exemple,
Qu'on luy rende par tout vn reſpect immortel.
Et qu'au lieu de ſepulchre, on luy dreſſe vn Autel.

SCENE IV.

LE ROY, DOM. ALONSE, ISABELLE

D. ALONSE arreſte le Roy qui ſort.

DE peur qu'vne mort fauſſe en cauſaſt vne vraye,
Ie reuiens appliquer le remede à la playe,
La Reyne vit encor, Sire conſolez-vous,
Le Prince en la ſauuant nous a conſeruez tous.

LE ROY.

Ah, Blanche ne vit plus....

D. ALONSE.

Sire, elle n'eſt pas morte,

LE ROY.

Ie connoy le deſſein ou ton zele te porte,

Tu veux en me trompant m'empécher de mourir,
Mais en vain ta pitié s'offre à me secourir.

Il se met a genoux.

Belle ame, qui du Ciel, entens ma iuste plainte,
Voy l'extreme douleur dont la mienne est atteinte,
Et comme ie vay rendre à ton aymable corps
Les devoirs du tombeau, tristes honneurs des morts.

SCENE V.

LE ROY, D. ESTVNIGVE, D. ALONSE, ISABELLE.

D. ESTVNIGVE reuient transporté de ioye.

Sire, le Prince aydé par la faueur diuine,
Et suiuy promtement des gardes de Medine
Vient de sauuer la Reyne, et son heureux abort
A retiré ses mains de celles de la mort,
Enfin, Marie est morte et la Reyne est viuante:

ISABELLE.

Ah, pleût au iuste Ciel!

LE ROY.

Dieu, quel espoir m'enchante?

D. ALONSE.

Ie voy venir l'Autheur de vos contentemens.